AF346362

EMMANUEL DES ESSARTS

DU PATRIOTISME LITTÉRAIRE

DISCOURS

Prononcé à la séance de rentrée des Facultés et de l'École
de Médecine.

CLERMONT-FERRAND

IMPRIMERIE ET LITHOGRAPHIE MONT-LOUIS

Rue Barbançon, n⁰ˢ 1 et 2

1876

EMMAN.

DU PATRIOTISME LITTÉRAIRE

DISCOURS

Prononcé à la séance de rentrée des Facultés et de l'École
de Médecine.

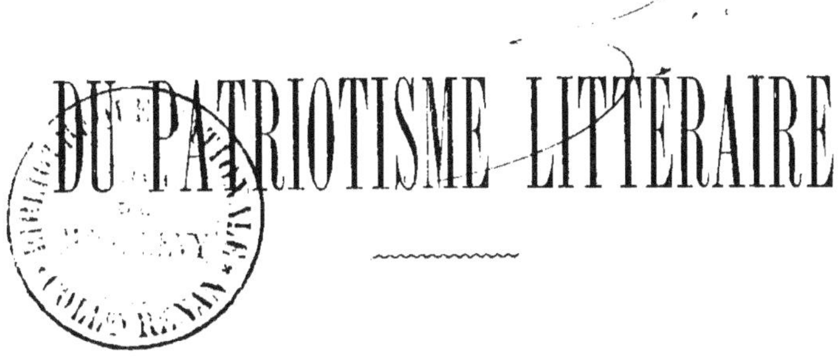

DU PATRIOTISME LITTÉRAIRE

A la fin du siècle dernier un jeune poète,
à l'imagination enthousiaste, à la sensibilité
frémissante, à l'âme vraiment lyrique, repor-
tait son souvenir et sa pensée sur les beautés
naturelles de notre pays qu'il avait parcouru
en tous sens, depuis Marseille jusqu'à Paris,
depuis Narbonne jusqu'à Strasbourg. Et ce
poète, qui s'appelait André Chénier, émer-
veillé de la variété des sites, de la diversité des
productions, de la copieuse fertilité de notre
patrie, laissait s'échapper comme un long cri
de gratitude ce poème familier à vos mémoires, l'*Hymne à la France*. C'est alors qu'il
s'écriait :

France, ô belle contrée, ô terre généreuse,
Que les dieux complaisants firent pour être heureuse...

alors qu'il déroulait, à la suite de cet exorde,
toutes les richesses de notre sol, depuis le blé
jusqu'à la vigne, tous les utiles ornements
de nos contrées, depuis les forêts jusqu'aux
fleuves, tous ces dons visibles, tous ces biens
manifestes que l'Abondance, comme la nym-
phe antique, lui semblait verser d'une main
sans lassitude et d'une coupe inépuisable.

Cependant cette France qu'André Chénier
célébrait en vers larges et mélodieux, ce n'é-
tait encore que la France extérieure en quelque sorte, vue et décrite à la surface, le corps
de la France qu'il appartient au poète d'admirer et de faire admirer, mais qui n'est pas la
France tout entière. Après André Chénier — et
je suis surpris que ce sujet n'ait tenté aucun
des grands poètes contemporains, — il restait
à glorifier la même patrie, mais sous un tout
autre aspect, dans l'éclat de ses actes héroï-
ques, dans le rayonnement de ses idées, dans
l'illumination de ses chefs-d'œuvre ; il restait
à chanter l'hymne filial, non plus seulement
à ce corps toujours renouvelé de la France,
mais à son âme transmise d'âge en âge et non
moins opulente et non moins féconde, l'hymne
à la France pensante et créatrice, nourricière
des intelligences et fertile pour le genre humain.

Je n'apporte pas ici l'ambition de faire vivre
et respirer sous vos regards le grandiose ta-
bleau qu'André Chénier a laissé dans l'ombre.
Néanmoins, pour rendre à notre pays un hommage fort bien placé dans la solennité qui
nous réunit, et comme préparation à mon en-

seignement annuel de littérature française, je
vais tenter de replacer devant vos yeux une
revue de ces richesses intellectuelles de notre
patrie. Je me propose aussi d'établir ou de
confirmer dans les esprits de ceux qui m'écou-
tent un sentiment trop rare de nos jours et que
je ne crains pas d'appeler le *patriotisme littéraire*.

Oui! le patriotisme littéraire, c'est-à-dire la
foi dans la supériorité du génie français, me
semble depuis longues années exposée à d'in-
quiétantes défaillances. Or, le devoir de ceux
qui possèdent la tradition nationale est de s'opposer à la décadence d'un sentiment vital entre tous, car l'amour de la patrie ne se borne
pas à la tutelle du sol : il doit encore comprendre
le zèle intelligent, l'orgueil raisonné de ces chefs-
d'œuvre qui, de siècle en siècle, ont fait res-
plendir la pensée française comme une flamme
sur les hauteurs.

Parmi ces titres d'excellence que je viens re-
vendiquer pour notre pays, saluons d'abord ce
merveilleux instrument dont le génie français
dispose selon l'aptitude particulière de chacun
de ses grands ouvriers, saluons notre langue
maternelle. La langue française n'offre pas, me
dira-t-on, la simplicité grammaticale de l'anglais, l'abondance du vocabulaire allemand, la
douceur musicale de l'italien, la vibrante sonorité de l'espagnol. Assurons-nous qu'elle
possède toutes ces qualités en y ajoutant ses
dons spéciaux. Cette prétendue simplicité de
l'anglais cache, relativement à notre idiome,
une réelle indigence de formes. Prenez la prose

anglaise à sa grande époque avec des écrivains tels qu'Addison, Johnson, Swift, Richardson, Fielding, leur originalité consiste exclusivement dans la pensée et le tour d'esprit : la langue que parlent ces hommes ingénieux est peu variée, assez monotone dans ses constructions, et parfois même, si j'ose dire toute mon opinion, quelque peu languissante et plate. Reportez-vous à la même époque en France, et vous trouverez autant de façons de construire la phrase, d'entendre l'invention de l'image, l'alliance de mots, autant de styles qu'il y a d'éminents prosateurs. Alors, dans la vaste unité de la prose française, se distinguent sans confusion possible le style de Montesquieu, le style de Voltaire, les styles de Buffon, de Diderot, de Jean Jacques, de Condorcet, aussi dissemblables entre eux que des arbres d'espèce diverse dans une même forêt.

Opposera-t-on à cette variété d'élocution que l'anglais ne soupçonne pas le vocabulaire presque infini de l'idiome germanique ? Nous nous demanderons alors si cette facilité de créer des mots, cette profusion de termes qui sont le propre de l'allemand ne se trouvent pas acquises au détriment de la clarté, de la netteté chez nous traditionnelles. Nous savons bien qu'une langue ne sera jamais fixée ; mais pourtant nous paraît-il avantageux qu'elle garantisse une certaine stabilité sans être comme l'allemand sans cesse à l'état malléable, fluide pour ainsi dire, et, suivant une des expressions de la philosophie germanique, « dans un éternel devenir. » Notre langue n'a rien à perdre pour se sentir plus arrêtée dans ses contours, plus dégagée dans ses allures, plus ferme dans sa marche, en allant droit devant elle, comme vers un but, à l'expression définitive de la pensée, sans s'attarder en mille détours comme la langue allemande, embarrassée d'incises, d'inversions et de toute sorte d'ambages. L'idiome allemand, même avec ses plus puissants poètes, ses plus vigoureux prosateurs, s'avance en spirale comme Thésée dans le labyrinthe ; la langue française, comme la Camille de Virgile, court sur la cime des blés sans courber les épis !

J'accorderais volontiers à l'italien, à l'espagnol leurs priviléges de douceur, de sonorité, mais à la condition expresse de ne pas convertir ces priviléges en monopoles. Il faudrait encore bien rechercher si la sonorité de l'espagnol ne produit pas un cliquetis de mots parfois vide et vain, si la douceur italienne ne dégénère pas aisément en mollesse banale et ne fait point penser à ce « latin bâtard » dont parle Byron, si ces deux idiomes arrêtent et retiennent suffisamment l'idée, si dans ces deux langues la facilité toute spontanée de la musique ne se dérobe pas aux nuances psychologiques du sentiment, aux profondes analyses de la pensée, à la dialectique soutenue, à cette harmonieuse alliance de la philosophie morale et de l'art, qui recommmandent la prose et la poésie française depuis leurs origines jusqu'aux chefs-d'œuvre contemporains. Encore me prendrais-je à contester que notre langue ne soit pas, sinon au même degré que l'espagnol et l'italien, au moins à un très-haut point, une langue musicale en dépit de certaines assonances trop lourdes, une langue réellement douée de sonorité rhythmique et de mélodieuse douceur.

J'en appelle à vos mémoires, quoi de plus sonore que la prose de Rabelais, de Montaigne, de l'ancien Balzac, de Bossuet, de Saint-Simon, de Massillon, de Mirabeau, que la poésie de Villon, des hommes de la Pléiade, d'Agrippa d'Aubigné, de Maynard, de Corneille, de Rotrou, de Molière, de Victor Hugo ? Demandez-vous au contraire à notre langue française la cadence et la suavité de l'italien ? Rappelez-vous maintes pages de La Bruyère, de Fénelon, de Bernardin, de Châteaubriand, de Nodier, et toute une anthologie de poètes-musiciens, depuis Olivier de Magny, Rémy Belleau, Philippe Desportes, jusqu'aux modernes maîtres de la Lyre, en passant par Malherbe, Racan, Segrais, Jean Racine, La Fontaine, André Chénier. De toutes ces richesses mélodiques, je dois me borner à détacher deux strophes de Philippe Desportes et deux stances de Lamartine :

> Si je ne loge en ces maisons dorées
> Au front superbe, aux voûtes peinturées
> D'azur, d'émail et de mille couleurs,
> Mon œil se paît des trésors de la plaine
> Riche d'œillets, de lis, de marjolaine
> Et du beau teint des printanières fleurs.

Ainsi vivant, rien n'est qui ne m'agrée,
J'oy des oiseaux la musique sacrée,
Quand au matin ils bénissent les cieux,
Et le doux son des bruyantes fontaines
Qui vont coulant de ces roches hautaines
Pour arroser nos prés délicieux (1).

—

Voici maintenant les stances de Lamartine,
témoignage d'une soirée de recueillement devant un paysage napolitain :

Vois, la mousse a pour nous tapissé la vallée ;
Le pampre s'y recourbe en replis tortueux
Et l'haleine de l'onde à l'oranger mêlée
De ses fleurs qu'elle effeuille embaume mes cheveux.

A la noble clarté de la lune sereine
Nous chanterons ensemble assis sous le jasmin
Jusqu'à l'heure où la lune en glissant vers Misène,
Se perd en pâlissant dans les feux du matin.

Sainte-Beuve, qui reproduit ces vers à titre
de document, s'écrie avec raison : « Jamais
l'harmonie musicale n'a versé plus d'enchan-
tement dans une parole humaine. »

Ainsi cette langue française, musicale, sonore, claire jusqu'à paraître lumineuse, am-
plement riche pour qui sait explorer ses trésors,

(1) Phil. Desportes, Chansons.

est l'instrument le plus complet, l'outil le plus
solide et le plus souple du sentiment et de
la pensée. Voici du reste l'hommage que lui
rendait hier, dans une solennité académique,
l'un des esprits les plus finement et les plus
largement libéraux de notre époque, M. E.
Bersot :

« Notre langue est bien française... elle
» mérite bien qu'on la recommande à ceux qui
» la parlent pour qu'ils l'aiment, la respectent
» et en soient fiers devant l'étranger.... Elle
» est ce que l'écrivain la fait, ou plutôt elle est
» ce qu'il est, s'empreint de son génie et de
» sa passion ; elle est à la fois langue de Ra-
» cine et de Corneille, de La Rochefoucauld et
» de La Fontaine, de Voltaire, de Rousseau,
» de Sévigné, de Fénelon, de Pascal, de Bossuet,
» ne résistant qu'à ceux qui risquent d'altérer
» sa clarté ou qui prétendent forcer son in-
» comparable justesse.

» Elle a suffi à une littérature qui compte
» à peu près huit cents ans ; elle a donné le
» seizième, le dix-septième, le dix-huitième,
» le dix-neuvième siècle qui, après avoir fourni
» (on ne peut parler que des morts) des poètes
» comme Alfred de Musset et Lamartine, des
» prosateurs comme Châteaubriand, Madame
» de Staël, Georges Sand, n'est ni achevé ni
» épuisé ; elle vaut la peine qu'on ne laisse
» point périr, faute de les comprendre, les
» chefs-d'œuvre qu'elle a produits.

» Soyons modestes chacun pour nous ; ne
» le soyons pas, nous n'en avons pas le droit,
» pour notre nation ; ne faisons pas bon marché

» d'une possession qui n'a d'égale nulle part.
» La patrie est aussi là (1). »

De cette beauté, de cette richesse, de cette excellence, attributs de notre langue, se déduisent la supériorité de notre prose et la perfection de notre poésie, et, en même temps, la variété, la largesse de toutes les productions du génie français. On peut dire que la Prose, et par là j'entends une succession non interrompue de grands prosateurs, la prose ainsi comprise n'appartient qu'à la France. Les autres nations peuvent mettre en ligne à tel ou tel moment des prosateurs de premier ordre comme des tirailleurs isolés : chez nous seulement, depuis le narrateur de la *conquête de Constantinople* jusqu'au romancier de *Mauprat*, la Prose s'appelle légion et se présente comme une armée toujours accrue de renforts et continuellement en marche. Villehardouin apparait en tête avec sa grave et mâle allure ; et voici qu'un Hérodote militaire, Joinville, le suit à peu de distance pour témoigner aussi des glorieuses croisades. Vingt ans après la mort de Joinville, nait pour prendre sa place messire Jehan Froissart, le peintre des magnificences féodales, des passes d'armes et des grandes chevauchées. Entre Froissart et Comines, cet écrivain déjà si profond, figureront la rhétorique éloquente d'Alain Chartier, la doctorale sensibilité

____

(1) Extrait du discours récemment prononcé par M. E. Bersot, en qualité de président de l'Académie des sciences, morales t politiques.

de Christine de Pisan. Comines conclut le quinzième siècle : voici le seizième qui entre en lice avec toute une phalange de prosateurs, quand l'Allemagne ne comptait qu'Ulric de Hutten et Luther, que la prose n'était pas née pour ainsi dire en Espagne et que l'Italie ne nous opposait plus, à l'exception de Machiavel et de Guichardin, que des écrivains diserts bien inférieurs à tous ces génies créant chacun une langue dans la langue française. Les Prosateurs du seizième siècle viennent à nous non sans quelque désordre, mais comme ils sont équipés, comme ils sont armés pour cette lutte du style et des idées où ils feront triompher la Patrie !

C'est le charmeur aux naïvetés savantes, l'homme de Plutarque et de Longus également, Amyot, digne du regard des Muses et du sourire de Chloé ; c'est Rabelais qui relie l'Antiquité au Moyen-Age et le banquet de Xénophon ou d'Athénée aux orgies de la Mère Sotte et de la fête de l'âne, Rabelais monstrueux mais tout-puissant et qui, débordant de sagesse et de folie, paraît moins un écrivain qu'un génie et moins un génie qu'une force jaillissant du sein de la nature. Ce sont les narrateurs expressifs et incisifs entre tous, Montluc et Brantôme, c'est la fantaisie ailée et vagabonde de Montaigne, abeille de Platon, guêpe d'Aristophane ; c'est la sérieuse et sévère éloquence de Calvin, c'est la grâce aimable de saint François de Sales, c'est auparavant la voix de la liberté jetant ses premiers accents sur les lèvres de la Boétie, dans cette ville de Bordeaux qui redira

en d'autres termes cette protestation immortelle quand elle ne représentera plus la Guyenne,
mais la Gironde !

Est-il besoin de passer en revue les prosateurs qui se succèdent sans relâche au dix-
septième, au dix-huitième et au dix-neuvième
siècle, dont les soixante premières années, selon l'heureuse expression de M. D. Nisard, sont
déjà « plus de la moitié d'un grand siècle » (1)?
C'est dans tous les genres que, du règne
d'Henri IV à la Révolution, notre Prose mul-
tiplie ses chefs-d'œuvre ; pamphlets vengeurs
tels que la *Ménippée* et les *Provinciales*, pen-
sées, maximes, portraits, mémoires, traités de
morale , correspondance , éloquence sacrée,
histoire, comédie, roman, conte, rien ne lui
est étranger. De notre temps si la Prose s'al-
tère sur quelques points, c'est pour s'enrichir
par tant de conquêtes : rappelons-nous la comédie élargissant son domaine , le roman
agrandi suscitant ses véritables chefs-d'œuvre,
l'histoire faisant de son champ jadis étroit tout
un monde d'explorations et de découvertes, la
critique vraiment fondée et promue à la di-
gnité d'un genre original où cinq à six hommes supérieurs ont véritablement créé, l'éru-
dition réconciliée avec le beau style et devenue
l'une des provinces de la haute littérature, la
politique rendant parfois de mauvais services
à la pureté de la langue, mais produisant
aussi dans la presse et à la tribune d'admira-
bles écrits de polémique et de non moins ad-

____

(1) *Histoire de la littérature française*, t. IV, p. 555.

mirables discours, la philosophie et la reli-
gion enfin pour de nouveaux besoins et avec
de nouveaux interprètes se créant aussi une
langue nouvelle. Quelle est la nation de l'Europe qui pourrait opposer une aussi nom-
breuse, une aussi remarquable élite de prosateurs à ceux qui, chez nous, sont nés à la vie
littéraire depuis 1800 ? Aucune à coup sûr, et
ce qui est vrai du dix-neuvième siècle l'est à
plus forte raison des trois siècles classiques.
Phénomène qui ne s'est vu que dans notre pays !
La Prose naissant en plein moyen-âge et ne
cessant de grandir et de proclamer son exis-
tence par une continuité de chefs-d'œuvre. Je
me crois donc autorisé à conclure que la Prose
est la gloire essentielle, le partage de la
France.

Vous dirai-je qu'en fait de poésie je crois
aussi fermement à la supériorité de notre génie national ? Ici cependant ma conviction
est moins exclusive. Le génie poétique des autres peuples a rempli des saisons entières, créé
des chefs-d'œuvre que les nôtres ont égalé
mais n'ont pas toujours surpassé. Au quatorzième et au quinzième siècle, la domination par le rhythme réside en Italie; au
seizième siècle, grâce à la présence de Shakes-
peare, le groupe des poètes anglais dépasse
même notre Pléiade. Avec le dix-septième siècle nous reprenons l'avantage que nous avions
eu sans conteste au douzième et au treizième ;
à la fin du dix-huitième siècle, au commen-
cement du dix-neuvième, l'Allemagne l'em-
porte, mais depuis 1820 la France a repris et

conservé victorieusement cette souveraineté
des beaux vers. Nous avons donc à nous près
de quatre siècles de précellence poétique contre
deux siècles appartenant à l'Italie, un à l'Angleterre, un demi-siècle à l'Allemagne. Ce
calcul me semble d'une rigoureuse exactitude : j'aimerais à développer, comme je l'ai
fait pour la prose, la perpétuelle fécondité de
notre muse plusieurs fois séculaire : mais le
temps ne me permet d'insister que sur l'un
des titres de notre poésie française. le plus
contesté d'ailleurs, je veux parler du méca-
nisme de notre versification.

Je sais que je vais soulever quelque étonne-
ment et froisser certains préjugés. On s'est
plaint très-souvent des difficultés rebutantes
de notre langue poétique, de l'indigence de nos
ressources en fait de versification. Il est temps
de réduire à néant ces redites qui ne s'ap-
puient que sur l'ignorance des uns ou l'im-
puissance des autres. Notre versification in-
digente , notre métrique ingrate ! elles ne
le sont que pour les rimeurs maladroits
qui ne savent pas user des ressources infi-
nies que le clavier de la langue poétique
française met à leur disposition, « ce clavier
immense » comme a dit Sainte-Beuve, dans
une introduction à un recueil de « poètes
français. » Lui-même, poète d'un rare talent
aussi bien qu'éminent critique, il ne hasar-
dait pas une assertion téméraire. Mieux que
personne il eût pu vous dire que, dès la fin du
moyen-âge et pendant les préludes de la Renaissance , des rhythmes ingénieux étaient

déjà trouvés et employés, que nous possédions
la ballade de Villon, le rondel de Charles d'Or-
léans, le virelai d'Eustache Deschamps, le can-
tique de Jean Marot, le chant royal et le di-
zain de Clément Marot, le huitain de Mellin
de Saint-Gelais. Avec la Renaissance, avec la
Pléiade les Rhythmes se sont élancés du sol,
comme les soldats de Cadmos, et tous agiles,
dansants, ailés ; et de la France ils se sont ré-
pandus en Europe, appelés et saisis par les
poètes de l'Espagne, de l'Italie et de l'Angleterre qui créèrent ou reforgèrent alors toute
leur métrique d'après la nôtre. Nulle part les
rhythmes ne sont plus variés, plus abondants
que chez nos poètes : si la création rhythmique
s'interrompt au dix-huitième siècle jusqu'à la
venue d'André Chénier, le dix-septième avait
ajouté ses trouvailles à l'héritage opulent de
Ronsard et de Baïf. Que d'habiles et charmants
artistes du vers français à peine soupçonnés
des lettrés ! Le moindre poète ayant su et pratiqué son art est populaire chez les peuples
voisins : et chez nous pendant longtemps on
n'a guère retenu du passé que les œuvres étu-
diées au collége, inscrites sur le programme
du baccalauréat. Il y a cinquante ans, trois
grands poètes, Ronsard, du Bellay, d'Aubigné,
étaient encore des inconnus (1). On les con-

(1) Sainte-Beuve a le premier révélé la poésie du seizième siècle ; mais ses études ont été bien accrues et
bien complétées par les travaux spéciaux de MM. Léon
Feugère et Eugène Gandar et surtout par « l'Hellénisme
en France » de M. Emile Egger.

naît enfin, mais qui sait, sans parler du dix-
neuvième siècle où la France a vu naître les
trois plus grands lyriques qui aient jamais
existé et toute une pléiade à leur suite, qui
sait qu'au seizième et au dix-septième siècle
notre poésie a suscité la plus riche floraison et
qu'il s'est alors produit des chefs-d'œuvre
d'émotion, de grâce, d'esprit, de style, à dé-
frayer des anthologies aussi étendues que
celles de Céphalas et de Planude (1)? Bien peu
le savent, et c'est hélas! chez nous manque de
curiosité, insuffisance de culture, et par suite
défaut de patriotisme littéraire.

Il me reste à vous faire apprécier le plus
merveilleux instrument de la poésie française,
la Rime, qui chez nous seulement est obliga-
toire. La Rime a été l'objet des décris de ceux
qui n'ont pas pu se l'asservir : il en est d'elle
comme des raisins de La Fontaine. Si Mar-
montel, si Turgot, si Fénelon lui-même avaient
su construire de bons alexandrins, ils ne se se-
raient pas avisés de regretter les prosodies an-
tiques et de faire appel à l'introduction des
vers non rimés. Au contraire, un seul excepté,
tous les grands poètes de la France, je dirai
même plus, tous les écrivains en vers de quelque valeur, ont compris que la Rime conte-
nait en grande partie la musique et la couleur
de notre poésie nationale. Le dix-huitième siècle a méconnu la Rime, mais le dix-septième

(1) Consulter à ce sujet la belle leçon d'ouverture du
cours de M. Charles Lenient à la Sorbonne (1873), « les
Ecoles littéraires après Malherbe. »

ne l'a pas abandonnée, et le quinzième, le seizième, le dix-neuvième siècle en ont su toute la portée, pratiqué toutes les ressources. Je n'irai pas jusqu'à dire avec Sainte-Beuve que la mélodie du vers français consiste exclusivement dans la rime. Je ne m'écrierai pas comme le critique des Lundis qui était aussi le poète de Joseph Delorme :

« Rime, l'unique harmonie
Du vers qui, sans tes accents
Frémissants,
Serait muet au génie ! »

Il me semble que c'est tenir trop peu de compte de la structure même des vers, de l'heureux emploi des coupes et des césures, de l'ordonnance de la strophe, de la précision et de l'aisance du Rhythme qui me paraissent bien concourir à l'harmonie. Mais cette dissidence apparente ne m'empêche pas de croire avec Sainte-Beuve et surtout d'après la triple tradition de Marot, de Ronsard et de Malherbe, d'après toute la tradition française, que l'exactitude et la plénitude de la Rime sont *indispensables* (1) : car cette exactitude et cette plé-

(1) Il faut rechercher cette tradition française, cette théorie de la Rime, conforme aux préceptes de Malherbe, dans les récentes prosodies de MM. de Banville et de Gramont, tous deux poètes éminents et qui ont prêché d'exemple. Il sied à cet égard de se défier du « Traité de versification » de M. Quicherat où sont admises toutes les prétendues licences poétiques contraires à la pratique de tous nos bons écrivains en vers.

nitude communiquent au vers français le scin-
tillement du cristal ou l'éclat de la pourpre et
le rehaussent encore d'une suavité mélodieuse
ou d'une sonore magie qui n'ont d'égales que
dans les combinaisons harmoniques des plus
grands musiciens.

J'abrège pour vous présenter un dernier ta-
bleau, celui de la domination intellectuelle de
notre pays à diverses époques. Béranger s'é-
criait un jour, dans un élan très-patriotique :

« Reine du monde, ô France, ô ma Patrie ! »

mais il n'entendait ces mots « reine du monde »
que dans un sens restreint et dangereusement
exclusif. Ce n'est pas seulement par des vic-
toires immortelles et chères à notre orgueil,
mais auxquelles ont répondu trop souvent des
retours douloureux, que la France a été la
reine du monde. C'est surtout par les triom-
phes de l'art, la suprématie de la Poésie et de
la Prose, l'impérieux ascendant de la Pensée
et du Génie, qui ne sont pas au hasard d'une
bataille et à la merci de la conquête.

Quatre fois le génie français a régné sur
l'Europe, au douzième et au treizième siècle,
au dix-septième, au dix-huitième, de nos jours
enfin. Au moyen-âge, notre Poésie sous deux
formes s'imposa comme un modèle aux autres
peuples : sous la forme lyrique dans le dialecte provençal, la langue d'oc ; sous la forme
épique, dans le dialecte qui est devenu le
français, la langue d'oil. Je vous ai montré,
l'an dernier, l'émulation de nos troubadours du
Midi, créant la poésie italienne en Toscane et la

poésie allemande dans l'école des Minnesinger.
Dante fut un disciple de nos Provençaux tout
aussi bien que Frédéric de Hausen ou Walther de
la Vogelweide. De même toute la poésie épique
au moyen-âge, sauf chez les Slaves, comme le
fait remarquer M. Gaston Pâris dans son *Histoire poétique de Charlemagne*, est sortie de nos
ébauches d'épopée. Nos chansons de geste furent l'objet d'une imitation universelle, tant
leurs thèmes étaient bien choisis et leurs fables
saisissantes. D'ailleurs les chanteurs et jon-
gleurs, errant de ville en ville, de château en
château, les propageaient bien au-delà de notre France du Nord ; souvent même ils les
transportaient avec les armées en marche. A
Hastings, en tête des envahisseurs normands,
devant la petite troupe de Robert Guiscard en
Sicile, bondirent les Chansons françaises, com-
pagnes et messagères de la victoire.

L'Italie fut la première à adopter les don-
nées de l'épopée française. Aujourd'hui même
on y conserve, on y réédite sous le nom de
Royaux de France un recueil de romans en
prose dérivés de nos vieux poèmes. Ainsi l'é-
popée de Tasse et surtout l'œuvre héroï-co-
mique d'Arioste se relient par une filiation
continue à nos plus anciens monuments épi-
ques. Muratori nous a rapporté qu'au treizième
siècle on chantait communément sur les pla-
ces les gestes de Roland et d'Olivier. A cette
époque d'ailleurs le français, comme l'attes-
tent bien des manuscrits découverts, était dans
l'Italie du Nord la langue littéraire et classi-
que : on a retrouvé dans les bibliothèques

toute une série de romans carolingiens écrits en vers français. Si bien que chez nos voisins la langue nationale a beau prendre son essor, la tradition de nos paladins s'impose à ses poè·tes et à ses conteurs et de récits en récits vient aboutir à Pulci et à Boiardo.

L'Espagne ne tarda pas à relever de nos chansons de geste : elle accepta comme héros notre Roland, notre Olivier, notre Ogier le Danois, et même Eginhard et cet Aimeri de Narbonne désormais impérissable sous le nom d'Aymerillot. Où ne pénètrent alors ce Roland, cet Olivier, et ce même Ogier, et Renaud de Montauban, et Gérard de Vienne, et les fameux Lohérains, et Guillaume d'Aquitaine, le rude guerrier des Aliscamps ? Nous les retrouvons en Angleterre, chez les Scandinaves, aux Pays-Bas, en Allemagne où plus tard le *thierepos*, l'épopée des animaux dont les Allemands sont si fiers, provient de notre *Roman du Renart*, antérieur à la première version germanique, puisqu'il date au moins en partie de 1147 (1). C'est ainsi que nos paladins et nos princesses cheminèrent triomphalement à travers toute l'Europe, partout accueillis et fêtés par l'imitation enthousiaste ; car dans le domaine de la poésie comme dans les tournois et les cours d'amour, nos Français furent vainqueurs et nos Françaises souveraines. Au quatorzième siècle et au quinzième l'Italie prend la dictature intellectuelle du monde qui

(1) Voir l'étude de M. Paulin Pâris sur le *Roman du Renart*, Paris 1861.

semble partagée au seizième; mais à partir du
dix-septième siècle elle revint à la France pour
ne plus lui échapper. En effet, au siècle des
Pascal et des Corneille, tous les peuples te-
naient leurs yeux attachés sur la France; ils
contemplaient Versailles où triomphaient Molière et Racine, comme on contemple le soleil.
Et si les étrangers parurent désapprendre leur
génie national, ils ne firent en réalité que le
retremper à la meilleure des disciplines, à la
seule école où se fût accomplie depuis l'antiquité la grande harmonie du Vrai et du Beau!

Le culte du Beau parut décliner au dix-huitième siècle : ce fut au Vrai que se consacra
surtout l'effort des intelligences qui firent ce
siècle si grand. La vérité morale avait été ex-
plorée, scrutée, pénétrée par l'âge précédent,
par le siècle des La Bruyère et des Bourdaloue :
alors la vérité sociale fut recherchée pour la
première fois, pour la première fois exposée
avec quel rayonnement du génie et de l'esprit
français! car le dix-huitième siècle fut un
athlète, mais un athlète élégant et parfumé.
Dans les œuvres de nos illustres pères le Vrai,
c'est-à-dire la poursuite de la tolérance, la ré-
clamation de toute l'égalité possible, l'ambition de la paix et de la fraternité, se personnifia
avec une telle force, un tel éclat, que de tous
les côtés de l'Europe les regards se portèrent
encore non plus sur Versailles mais sur Paris.
Des délégations de tous les pays venaient trou-
ver ce châtelain de Ferney, toujours plus
jeune sous le redoublement des années, et re-
cevoir la parole d'émancipation de cette bou-

che qui avait si fréquemment jeté le cri de la
pitié et de l'humanité méconnues. C'était à
Paris également, comme dans une forge de
Vulcain, que les idées françaises se frappaient
sur une retentissante enclume pour se répandre
bientôt, comme en monnaies et en médailles,
à travers toute l'Europe. Première diffusion
que devait suivre la propagande de nos as-
semblées et de nos légions, diffusion encore
pacifique, mais déjà si rapide et si puissante !
Les rois eux-mêmes s'inspirèrent de notre
génie en même temps que les peuples se don-
naient à nous. Il n'est pas de moment plus
captivant pour l'historien et le penseur que ces
années d'étincelante polémique et de propagande au grand jour, où la reconnais-
sance du genre humain saluait avec une fer-
veur enthousiaste ceux qui faisaient ainsi res-
plendir la France sur l'univers, Montesquieu,
cette clarté, Rousseau, cet orage, Diderot, cette
flamme, Voltaire, cette lumière !

Actuellement la France de Rabelais et
de Pascal, de Molière et de Montesquieu,
de Bossuet et de Voltaire, n'est pas descendue
de ce piédestal où pendant trois siècles toutes
les nations l'ont honorée comme la grande
statue exemplaire ! Jusqu'en 1815, l'Allemagne
nous semble avoir tenu le principat intellectuel,
de par Gœthe et Schiller, Herder et Fichte ;
mais depuis la Restauration, date d'une se-
conde Renaissance, depuis l'apparition des Vil-
lemain, des Thierry, des Michelet ; depuis l'a-
vènement de Lamartine et de Victor Hugo,
quelle est la littérature dont l'Europe, même

involontairement, proclame la suprématie ir-
récusable ? C'est toujours la littérature française rajeunie par des chefs-d'œuvre en tous
genres et surtout en des genres nouveaux. Sans
omettre les réserves du goût et de la morale,
aimons ce dix-neuvième siècle français dont
nous sommes les enfants et qui, dans notre
pays, s'est attesté par de tels monuments de
prose élevée et de poésie souveraine. Aimons
ce siècle de tout notre patriotisme littéraire,
car il nous a fait de nouveau les maîtres de
la forme et de la pensée devant les peuples
éblouis, car il a une fois de plus imposé notre
génie à l'émulation de l'Europe, et, j'oserai
le dire, en imprimant à ce génie un caractère
plus sympathique et plus humain encore et
par là peut-être plus durable. C'est que notre
littérature du dix-neuvième siècle a sur ses
aînées cet incontestable avantage d'être plus
accessible à tous et plus aimante pour tous,
d'exprimer des sentiments plus fraternels et
des idées plus généreuses, de se révéler plus
philanthropique et, quoi qu'on dise, plus chré-
tienne, de porter sur elle-même le double signe
des temps nouveaux, l'amour et la justice !

Devant cette revue du passé, en face de ce
spectacle du présent que je n'ai fait qu'indi-
quer, mais dont on peut démêler déjà toutes
les clartés rassurantes, le patriotisme littéraire
me semble devoir être raffermi, fortifié dans
vos cœurs. Sur ce point comme pour toute autre chose, ne nous laissons pas aller au décou-
ragement malsain, à la stérile défaillance.
Croyez-moi, l'emblème du présent et de l'ave-

nir aussi pour notre chère France, ce n'est pas le crépuscule, mais l'aurore émergeant des ténèbres de la nuit.

Rappelez-vous cette scène immortelle du drame shakspearien où Juliette dit à Roméo : « C'est le rossignol et non l'alouette dont la voix frappe ton oreille. » Et Roméo de répondre : « Non, ce n'est pas le rossignol, mais l'alouette, messagère du matin. » Et nous aussi, parlons comme Roméo. Ce que nous entendons dans les voix confuses de la Patrie qui se relève ce n'est pas le rossignol, oiseau des deuils et des mélancolies, c'est l'alouette, symbole ailé, mélodieux témoin de la résurrection et de l'espérance.

EMMANUEL DES ESSARTS.

Clermont, typ. Mont-Louis.